歌集
北斎ブルー

HOKUSAI BLUE

山本武吉
Takeyoshi Yamamoto

前書き

恋歌ばかり五百首を集めた歌集「恋愛賛歌」を、初上梓したのは昨年の事である。読んで下さった方々の熱い支援と、内なる声もあり、本年、ここに第二歌集の「北斎ブルー」を出版の運びとなった。

前作同様、発想の赴くままに詠んだ。哀愁に満ちた短歌《うた》が多くなったが、祈りを詠んだのであってブルーを詠んだのではない。生きるうえで、地べたを這いずり回る人々は美しい。詩人の目から見れば、祈りの大地は野花が咲き乱れている。その名もなき野花の一つ一つを詠んだのが本歌集である。

祈りに生きる人々は、落葉であっても表向きであり、裏向きで地に落ちていない。ここに明日への希望を見るのである。読者はその一端をくみ取り、心情的に寄り添っていただければ、幸いである。

北斎ブルー＊目次

一　北斎

東京を今でも我は江戸と呼ぶ浅草染める北斎ブルー

生きてきてユダに遭《お》うたりユダになり哀しみもがく東京の底

ドラマーの父の遺品に古新聞「ジョン・レノン」が撃たれるの記事

化野《あだしの》の火葬の煙は絶ゆるとも土に沁みいるなみあみだぶつ

三度した絶望という快楽をブルーに染めた鴨川の水

しっとりと川も緑も濡らされて雨のきれいな水郷蟹江

我という存在意義にとりつかれ道草をした青春《あお》の三年

真夏でも雪渓残る峰々が遭難多し美貌のアルプス

力尽き波に漂う海鳥のもがけど飛べ ぬブルーの翼

白詰めの原に倒れし自転車は錆ゆくままに風葬となる

故郷の水もまずしい善太川瘠せた川鵜が痩せ鮒を呑む

また今日も繰り返すのか倦怠《アンニュイ》を快感となる心の痴呆

生まれきて不平不満の多すぎて「乱がおこれ」と令和の御代に

独り身を街の雑踏の只中に騒音好む淋しい男

売れ残る花を抱きしめ処分する癒えることなし店主の痛み

五七五俳句をなさる方々の季語乗せ回る脳内木馬

紫陽花の萎む姿を見て通る盛衰触れる通学の道

故郷の生家つぶれて草がむす空も崩れた熊本地震

本能で「夢」の字避けて生きてきた確かにひそむ自滅の意味が

山百合は頭を垂れて何愁う白装束が気になる深山

空が濡れ自分も濡れてなぐさめる牡丹の花は雨降りに泣く

力なくまとわりつくは老いた風「あっちへ行けよ私は若い」

以前より月が小さくなった気が瘠せた月見て歌人がなげく

因果なる獣の悲鳴はわが歓喜情けを出さず引き金を引く

負け戦ひっさげ終える人生の我も平家よ名家を絶やす

痒くなり頬をぴしゃりと打ったあと手の平残る一命のあと

滝水が一直線に落下して岩に激突刹那の火花

失恋し歩く銀座の濡れたみち涙が決める雨の色彩

迷惑な川鵜が群れて舟汚す照準合わせ眼光を射る

風花の舞を合図に秋蝶の姿が消える白川の郷

夕立が芭蕉の広葉を叩くとき上達しない人生に泣く

どうしても赤い風船ふくらまし破裂させたい心の悲鳴

今はまた過剰な光の家や街わが蛍雪は裸電球

乳涸れた牛の悲しみ如何せん青いサイロの見納めをさせ

年老いて知らぬ体験探すうち悪事まだなし未練が残る

降りそうで洗濯ものを取りこんで結局降らぬわが生乾き

妹が貰う人形を流す川いまだ解けえぬ継母《はは》との間

人の世に野花咲くのは何故か思惟を深める哲学の道

三日前しかけた罠に猪が後ろ向かされ発砲の父

信仰の教会でさえ津波禍に神も受け取る世の合切を

山小屋に五日足止め雨やまず穂先を洗う目前の槍

大カラス雀のひなを丸のみに呼吸が止まる少年少女

妹が私小説書き売れている執念もやす我が家の暴露

わが祖母は女優くずれの踊り子で私知ってるストリッパーと

深酒しくだまく者に幸せを酔いが頼りの淋しいやつら

雷に打たれた材で彫る火焔不動明王の光背となる

盆明けにマタギの家を初取材熊の解体子供を孕む

用水の脇道ゆけば割れた亀わだちが匂う残暑の帰省

癌になり腹腔鏡で手術する我がはじめて女医の桜子

美濃にきて紙漉き習う秋の日の鬱病治る女流書家

二　静寂

雪の夜の白川郷は気が狂う闇より怖い白い静寂

梟《ふくろう》が鳴くのをやめて息を止め鞍馬の山は底なしの闇

二十年つづけた日記を今焼こう赤い彼岸花《ひがん》に点火を依頼

サッカーを頑張りとおしまた補欠「かくのごとし」と己を笑う

鏡見て身に晩秋のしるしあり顔に落葉か茶色の染みは

わが心褪せた正義を捨てきれずこけた頬なで安酒に酔う

貧しくて学問できず這いまわる「現在《いま》を助けよ未来の光」

梟を三年飼っても鳴かぬまま部屋の暗さは闇夜にならず

狙撃した五個の薬莢握りしめ都会の底で死ぬテロリスト

凍て空に花火があがりバラバラと火の粉とともに氷の落下

ぶんぶんと飛び回っている脳の中住みついたのは存在の虫

過ちを犯しつづける子を思い老いたちちはは高塀を見る

坂多し渋谷の街で落葉踏む画廊託した油彩画売れず

白鳥が群れて飛来の諏訪の湖《うみ》引率終えて倒る長《おさ》の老鳥《とり》

流浪して何か懐かし山や河やはりわが身も故郷回帰

大樹触れ「君は芽を出し五百年われは十八歳《じゅうはち》生きるに不安」

深みなき者と呼ばれて久しくて詠む短歌みんな遠浅の海

無愛想に我を見つめるみみずくは餌をもらえば「向こうに行け」と

捜せども白いつばめは見つからず「詩人になれ」と言われてなった

宴会に酔うて毎度の絡み癖帰り一人で電柱に吐く

今夜より一人居となる広い家五臓六腑に男の悲哀

「落ちたい」と思うときあり水の中「光よ届け深川の底」

君啼いて美声なれども量はなしこだま返らぬ山ほととぎす

コロナ禍に仕事失くして野良犬に暴力したい新宿の街

生まれきて悩みは尽きぬ人生の生々しさに嘔吐で生きる

彗星が東の空に現れて小鳥は騒ぎ絶望で死ぬ

親友は詩人になって死にいたる行路病者のノートは何処

病癒えゆったり歩む桜堤老木伐らる青嵐の頃

ガムを噛み歩道に吐いて罪を得る指名なき夜に銀座を汚す

雪の日に冬眠しない熊がいて駆除の一発痩躯に入る

「幸せの色彩あれば教えてよ」黒猫を飼う三十路の女

世をいとい人を恨んできたわたし信号待ちの人影を踏む

吟行し結句ができぬ秋の短歌助けてくれぬ仁和寺の塔

故郷に傷を負わせて逃げてきた三本折った白梅の枝

新聞は闇をくぐって朝届く聖書に触れて戦争を読む

日が落ちて薄紫の菫路に赤い目をした親鹿子鹿

角のある雨粒われをピシピシと打つことやめぬ三度の離婚

一閃にどの葉をいくつ落としたか情けを知らぬ秋の太刀風

すれ違う知らない人らに「こんにちは」心で掛ける寂しい女

ギラギラと太陽光のエネルギー蓄電できぬ無能の私

愉しくも苦しくもある絵の修行身に多すぎる落選の傷

大泣きをするため萩にやってきた秋の淋しさ名古屋は足りず

墓標なる丸石一つ土のうえ子細は風化ただ恋の末

「この場所は流れ溜まりだ人間の」口には出さずただ手を合わす

老人が海を見つめて黙然と漁船《ふね》の転覆一国失くす

狩りを終え濡れて光りし翡翠《かわせみ》の嘴《くちばし》に見る抜き身の刃

村雨に顔をしかめる鞍ヶ池水面の上にまた水たまり

母はなく父は酒乱で働かず楽しみに待つ親捨つる日を

父母の墓に正座で手を合わす冥い中から激励の声

目が見えず両手で触れる藤の花記憶どおりか今の紫

三　出家

花が散り葉桜を見て哀しくて若い女の出家が流行る

この春も百万枚の花びらを一日《ひとひ》に散らす吉野の桜

満天の星の中にはきっとある我が死ぬとき消滅の星

岩瀬浜に北アルプスの美貌見ゆ果てなむ国に逃亡の途次

苛ついて二時間歩きおさまらず蹴る空き缶の一つもあれば

昨日会いバイク飛ばした親友のこんなものかと人間の死は

平和なる時代に生まれ願わくば体験したい戦争とやら

熱すぎる我が魂に置き場なし森が焼けるは三つを数う

豪雨きて山が崩れて犠牲者が木々も倒れて卒塔婆の材に

良心に殺されたくて万引を毎週一本鉛筆を盗る

夏の日の君住む村の山津波やはりか細い花の根ぢから

曼殊沙華異形の花は赤と白、血と白骨は灼熱に咲く

爆音の水上バイクが波を切る水面傷つく悲鳴の琵琶湖

降るたびに何故この色か雪の白静かに染まる五箇山の里

白鷺の古池降りて餌を探す空気静まる殺生の前

柿の木の寂寥感はいずこから余りに似合う田舎の景色

品の良い風がふるわす白障子赤い侘助茶室で孤独

恥多く清算すべく立ったけど願い許さぬ断崖つつじ

まだ温き母の額に唇を修羅の介護に別れを告げる

子供らに餌を与える親つばめ観察すれば公平でなし

幾千代も咲いて散っての桜花求道者となる花の守り人

落ちぶれて満月欠けるその速さ変に落ち着く落葉の焚火

赤い薔薇あまりに濃くて黒く見え処女のわたしは一番嫌い

人間が二度目の生かこの我は記憶している白亜紀の海

夏空に「氷の雲」と指をさすすでに泣いてる君の横顔

短歌を得て朗詠すれば洛北の野を芽吹かせる暖流の風

置きみやげに歌集一冊残したが棹さしたのか寿命の舟に

厳冬に低空で飛ぶ尾白鷲典雅に見える猛禽の飢え

暗いなか発光クラゲのゆらゆらと我は光らぬ人海の底

貧しくて働くだけの母親は子供に吸わす疲れた乳房

秋の朝木々の梢で百舌が啼く蛙とらえて歌う数え歌

厳寒に羽毛布団で夜をしのぐ信天翁はわが為に死ぬ

赴任した都会育ちのエリートはなりたくなかった田舎の人に

目を閉じて金木犀を嗅ぐうちに香りの薄い女と気付く

今日もまた体重計に乗ってみる甘い血液に澱みの恐怖

心臓の病見つかり就職が土に埋めたい首席卒業

首塚に今年も早い白雪が鬼火かくしかここ関ケ原

家なきにボーっと一つ街灯の鎮魂で点く消滅部落

千を超す今年の駄句を捨てるのは山の彼方か太平洋か

落下して岩にあたって砕け散る痛くはないか那智の滝水

本当は夏子冬好き雪が好き秘めた憧れ「冬山に死す」

太陽が我が家照らすも余慶なし真面目に生きた人生の果て

打ち寄せる波の中には待ち伏せて我が足掴みさらわんとして

朝焼けと夕焼け空に急かされて紅葉燃え切る晩鐘の寺

願わくば夏の富士にも白雪を湖から望む僧体ひとつ

開扉したお堂に入る北風に不動明王の火炎は冷めず

クラス会わずか十人晩秋に雄姿たたえる傘寿の我ら

祈る時疲れた神が目にうかぶ願いを減らす我が気の弱さ

老いてなお一花咲かす気概あり道も通じる時間も開く
金杯に酒をつがれてゆるく飲む何の祝いか我が事なのに

四　夕立

今止んだ三十分の夕立に何億粒が降り落ちたのか

人に酔い路に嘔吐を繰り返す新宿好む人間嫌い

紅い口吸い口はさみ火をつける妖しい煙が女を包む

白鷺が浅瀬に降りて魚を狩る頭持ちあげ丸呑みの朝

生温い今日吹く風は凶暴で身を潜ませよ断層の中

何となく時雨もようの吾がこころ誘われないし誘うも大儀

七歳に原爆キノコを島で見る「いっぱい死んだ」と震えた体

湖上にて吹き納めしたフルートは希望叶えて湖底の眠り

蟷螂《かまきり》と遊んだころは小学生ときにもぎとる三角の首

近づけば梅が香りをすぐ閉ざす去年手折った一枝の罰

里山の記憶が我を追いつめる脅迫される故郷回帰

傷ついて癒しにもどる故郷は敗者の嫌う黒百合が咲く

人はみな死んでたちまち白骨に黒でなかった救いの白さ

針の餌に掛かる愚かな痩せ魚飢餓かも知れぬ海中の世は

今日もまた記憶の中の二十二歳《にじゅうに》に化粧ほどこす揺り椅子の祖母

学卒し世の門口に立ったいま礼砲打たれ実弾の中

母の日を気になりながらやり過ごす「いずれ私も子に疎まれる」

山頂は静寂すぎる高野山墓石に乗る一尺の雪

番茶のむ飽き飽きしたる夕景色出がらしみたいな翌朝がくる

目がかすみ耳も老いよとふてくされ弱る歯でかむ短歌の甘み

「盗む子」と頬を叩いた女教師の冤罪知って錯乱の午後

境内の樅の大木姿良し植えた高祖父旅順で戦死

野仏に祈りささげる老女いて「風化するほど霊験あり」と

山宿の部屋にどこやら間隙が旅の一夜に風笛を聞く

特攻で死ぬはずだった兄帰るお隣さんの哀しい妬み

故郷の水辺に立てば護岸され記憶目に沁む蘆火の煙

お彼岸に墓に付着の鳥の糞死ねばこのざま怒りもわかず

古寺の風は白くて蕭条と撞かぬ梵鐘余韻も錆びて

裏山の枯れた樅の木手で撫でる「自殺したのだ若木の頃に」

落葉焚き燃焼せずにくすぶって樹間は拒む濁った煙

我と和す鬱を含んだ紅葉散る晩秋閉じて詩もまた終わる

望みなく愁いの多いこの世界「空気が悪い開け天の窓」

選良《エリート》が都落ちして漁師とは「人酔いよりも船酔い良し」と

死の近いビオラ奏者はおのが夫《つま》ハープで合わす雪の洋館

草原に野火が流れて雛が死ぬ親百舌《もず》が泣く白煙の中

片恋の赤いマフラー今もあり心にうずく一度の盗み

白い砂青い松ある三保の浜富士描く我は類型の人

水郷の公園内をそぞろにて句碑の乱立情緒を壊す

古里に理解されない吾が生活《たずき》花街《かがい》にもどる単行列車

舞子さん花街に生きるを決意して芸と女と泣き方磨く

秋晴れに青いサイロが壊されて酪農やめた牛飼う辛さ

三坪の庭に遊びし四十雀「君は知ってる我が身の不遇」

枯渇した我が才能をなつかしむ自著読む日々の老いた文豪

山鳩が鳴いて私を困らせる「辞世は詠まぬ」と何度も言うに

春来ても話すことなし修行僧好きになれない桜の媚態

両膝を抱いて顎のせ泣いた日は十五の春の純情時代

きれいけどどこか崩れたおねえさん蜜豆食べる赤い唇

大原に急に風きて黒雲が雨は斜めに全身を刺す

東京の学生寮に出す荷物あて名に触れる母の唇

墓参り軍人だった高祖父の安らに聴こゆ明治の寝息

五　一杯

飲んだとて何が解決するのやら白い歯を洗う一杯の酒

猟期きてマタギ一斉山に入る末期と決めて待つ獣あり

「慟哭を経験しない未熟者」そんな目で見る老いた野良犬

墓参り私は母に差別され嫌いと言った鬼灯《ほおずき》を挿す

松風がすすり泣きする海岸に人をさらった白波が立つ

湖近く戦の寺は延暦寺悲鳴がしみる鐘の弾痕

青いのが茶色に見えた海の面の悪酔いさせる悪質な波

コロナ禍に中止になった風の盆空蝉がひく胡弓のひびき

秋更けて井戸の底への落日に街は一瞬盲目になる

わが祖父は卒寿で死んだ元大尉墓に「戦死」と遺言残す

一人きり寂光院へ歩むひと白い日傘が白帆に見えて

名人の笛の音聞いて秋終い七草の名を今年も言えず

百歳の祖母は畑で茄子をとる教職越えた農の年月

「生きるには光を吸って闇を吐く」偽のイエスが新宿で説く

暗い夜くわしく言えば黒い夜われが神なら「緑の夜」に

山に入り子熊しとめて鍋になる夫婦で食す無言の供養

スッパリと縁を切りたい総長の太腿に彫る大輪の薔薇

血が騒ぎ猟銃抱いてじっと待つ獣が眠る朝狩りの前

初老なる門付け女が玄関に下手な三味線かえって哀れ

雨が降る歌舞伎町の水たまり映すネオンを酔いどれが踏む

彼岸花赤い不気味なほとけ花嫌いが過ぎて愛着深し

銃持って山に分け入り手を合わす獣の道に石仏を置く

夫がいぬ喪失感は如何せん東京行こう煩い街へ

深秋の薄の原にされこうべ眼窩の中で鈴虫が鳴く

再会に満開桜の日を選ぶわが哀愁を隠さんがため

生と死の短歌の世界に我は生き毎日見てる風の盛衰

また祖母が入れ歯を外す吾が前で愛されながら嫌悪の私

熊よけの鈴を鳴らせば竜胆《りんどう》の下山を急かす八甲田山

夢殿の前に立ち居る疲れ人「申すことあり救世観音に」

特養に通って押した車椅子「寒い」と母は桜の下で

馬籠から草鞋《わらじ》をはいて峠ごえ妻籠着くまで緑の空気

二月きて比叡に学ぶ十七歳《じゅうしち》の骨も凍てつく京都《きょう》の托鉢

地に落ちた裏向きの葉はまた泣いて風にすがって表に返る

北見にて瘠せた子熊と親熊と道路をわたり人住む地区に

起業して産を失くして疲れはてサクサクと踏む熱田の落葉

今どきの霊園みんな公園化幽霊が出る土葬墓はどこ

古稀なればたいてい親もいなくなり歳時記ひらく残り日の午後

神棚に水をあげては柏手を「酒にしようか無言の神よ」

わが内の倫理の声がうるさくて羽目も外せぬ教師のくびき

金色の仏が見えた滝の中法悦ひたる一途の修行

醍醐寺で我は焼死を願えども燃えるいろはが着火を拒む

晴れた日に岬に立って不満あり狭さ気になる太平洋の

戦場に平和を叫ぶわが心いつも持ってる向日葵の種

ざーっと落つ枝にたまった残雪の森の中行く熊撃ちの列

死ぬ時は生まれ育った家が良し記憶で建てる昔のわが家

自転車を草叢投げて寝転んで「墜落せよ」と鳶に叫ぶ

毎年につばめ家族と過ごしたが農業やめてピタリと来ない

秋風に原書で読むはリルケの詩静寂と言う旋律の中

暗い世に何度読んだか福音書「わが名憶えヨハネにマタイ」

神域の森に入ればしんとして蝶の呼吸に鼓動を合わす

六　望郷

郷を出は幾山河が果てしなく初志通せるか望郷に勝ち

肉体を笞打ち走り働いて幸せとれぬ我が身の不憫

妻と娘に付き添われての入院にいつ戻れるか最果てベッド

大胆に終活整理を終えたいま君にまかせる我が身の始末

名画座に出会うスターはみな故人やくざ映画で目頭うるむ

歌詠めば年よりくさい発想に激しく滅入る還暦の我

山畑を荒らす鹿撃つ右手指ピアノ触ると娘が嫌う

「春眠」と粋な名前の転た寝を夢付きでする怠惰な私

目が覚めて思い出せない見た夢が寝返りを打つAM三時

病葉《わくらば》の泣く声がする境内を住持の妻が晩秋を掃く

「生きろよ」と未遂二回のこの我が励まし与う「命の電話」

親友の葬場入れば父眠る柩の前で子が初歩き

何事も仕切り上手な義母が逝き嫁の私は貫禄不足

時おりに我を通さぬ自動ドア確かにあった万引き心

結局は何しに我は生まれたか気付いてしまう鬱のはじまり

蛮カラで硬派であった祖父の言う「お前の父は軟弱の徒」と

妖しさに視線を外す歌詠みに流し目おくる緋色のダリア

「いったいに吾は何色で生きている」解答もとめ花々に聞く

菓子箱に花びら集めどこへ行く「暗渠に流す」と少年少女

わが事の無きがごときの誕生日誰も祝わぬ我も祝わぬ

息苦し秋田の広い鉛空地面に落とす莫大な雪

七十に九十五歳の母の逝く乾杯をする先立たなくて

大量に物忘れしたその後に舌が憶える秋茱萸《ぐみ》の味

吟行に付き合い歩く桃巌寺大仏座る狭小の土地

追憶の村の渡しの船頭さん艪をこぐ右手に銃創の痕

生きてきて取りこぼすこと幾たびか小さな幸も掴めぬ無能

電柱は犬の放尿を許すのに絶対拒否のわが嘔吐物

いつの間に行列並ぶ我がいて何があるのか朧の先に

人生を図太く長く生きたいが壊したくない無難の幸を

薄墨の桜が生きる根尾村に移住を決めた吾のフィナーレ

長雨に冷却水を使い切り天は地上に炎暑を降ろす

春の朝外に飛び出し日を浴びる光の中に一割の闇

奈良に来て寺や古墳は後回し畝傍に登りまほろばを見る

丸やかな若草山の上に立つ鴟尾《しび》がたわむる東大寺《おおでら》の屋根

水煙が曙を見る午前五時奈良が目覚める今日の晴天

正面に見る大屋根に対の鴟尾甍《いらか》が守る梅雨の大仏

良き風が伽藍に入り仏像《ぶつ》を拭く去るも見事に塵埃を連れ

「フェルマーの定理」解かれて目標《みち》なくす学びなおそう加減乗除から

五日後に白内障の手術あり楽しみとなる術後の美景

なつかしい方に会いたいどなたでも二十年以上の間隔の方

老いたいま泳ぐことなし夏盛り六尺つけた壮健の頃

戦争の語り部のことついにせずこの街一の階級の父

叔父が逝き父の家系に兵は消え母の家系に中尉が残る

十代に泳ぎまくった筏川堤に立てば老衰の川

午後の四時白内障の手術終え片目で走る赤い自転車

夕暮れはなぜに切ない詫び桜独り歌詠むみやこの外れ

富山湾大波おどり鱚《きす》が飛ぶ帰船やむなし不意打ちの時化

経を誦し叩く木魚にからむ蝶「邪魔をするな」と山寺の朝

水底に罠を沈める川漁師ひゅうひゅうと鳴る冬風の切れ

戦死した父の思い出薄れゆく葉書に記す南十字星

七　溺死

人はみな魚の溺死を笑うけど人も溺れる人間の中

スタジオで遺影撮ったと母が見せ咲き切ったのか六十歳で

年齢ごとに犯罪欲求強くなり枝を手折りし梅また桜

役職を捨ててこもりし奥山の「我はなりたい原始の民に」

人生の苦しい時に現れぬ神や仏に今でもすがる

年あけて「僕」から「俺」に変えてみた少し入った無頼の因子

新宿が生まれ故郷の哀しみを娘も受け継いで未婚の母に

縄文のヴィーナスをみる写真集一つ吾に似る目の吊り上がり

灯籠のゆらゆら揺れる水の面の流れが止まり渋滞の魂《たま》

阿蘇にきて野焼きの煙が目にしみる逃げる野うさぎ両目をこする

神さまが造作したよな那智の滝ときおり落ちる金色の水

復員し涙うかべた父の顔桜の下で軍刀を折る

前線に移動の父は足撃たれ這いずり回る徐州の地べた

願わくば老いの入舞しとげたや愛でた草花がわが寿を知らす

暗渠なる怪しい単語が気になって結局我も生きる蓋の下

この秋も閉塞感を打破できず病葉燃やし己をいぶす

哀しいは青春時代に死をおもう「それも普通」と先輩たちは

秋蟬の声の震えのやるせなく「来年会おう」と言えぬ哀しみ

無頼なる歌を詠むもの辻に出て昨日も今日も「突破」を叫ぶ

目の悪い祖母は子供を五人産む桜見たのは十三までと

いかるがの築地破れた路地に入る荒庭に咲く憂愁の萩

羽子板で遊ばぬ正月いつからか時を経るたび昔が沈む

高齢に白衣の頃は遠のけど看取りし方のお顔がうかぶ

亡き母を詠みし短歌の拙さよ本当に吾は歌人の子かと

狙撃して斃した熊は痩せていて「肉もまずい」と非情のマタギ

見上げればアーケードこわれ雨がもる薔薇が剥げゆくシャッター絵画

廃墟なる化学工場の地下室に暗闇があり旋律がある

神さまに会えないままに年をとる似姿を見る那智の大滝

誰もいぬ古墳の中の石棺にわが身横たえ大王となす

未熟児に生まれた娘が七歳に妻に似てきた美貌の芽生え

何事も無いが平和と思えども育つ息子に非行の兆し

伊勢の海老いた船子は網を打つちらとかすめる魚の涙

秋の日に幼なじみと語り合うやはり知ってた我が家の秘密

累々と短歌の屍が重なって若葉生まれず立ち枯れの我

落ちるとき逡巡なしの滝の水もがき抗う一滴の我

健康に舞った落葉のその中に自ら散った病葉のあり

白波の光り砕ける宮地浜幾人さらう玄界灘は

憂うとき心おちつく墓地の中とぎれずに吹く慰めの風

酒飲めば泣き上戸してほっとかれ明日また戻る窓際の椅子

頭髪の幾千本が抜けたやら戻す術なし貴重な資源

コロナまえ介護施設でボランティア生存ありや世話したお方

悩みつつ神仏めぐる旅に出て好転しない我が身を笑う

行き倒れ身は救われて粥をのむ「まだ生きよとか不遇の我に」

どうしても見ることできぬ我が背中顔より多い号泣の痕

忘れ物してばかりいるこの私「忘れられてる」方かも知れず

春くれば桜ばかりのこの国が何故生きづらい隅田の流れ

苛ついて爆発したい我がこころ氾濫または叛乱の前

寒き日に熊野古道をひたすらに遠く那智滝を山伏と見る

目撃す赤い椿の首落ちをポトリと落ちてゴロリと聞こえ

諦観し己が無能を意識して死ぬが楽しみ孤独の森に

八　北風

北風に揉まれ鍛えたわが身でも棘ある風の東京に泣く

初の男《こ》の野辺の送りの蓮華草命一春三月《いのちひとはるみつき》の母乳

涙出る三文役者かこの俺は無能で生きて懸命だった

酸い雨がわれを濡らせど誰にでも心やましき一つや二つ

午後一時お昼寝をした保育園この頃すでに不眠のわたし

人はみな何かを隠し去ってゆく秘密が燃える火葬の煙

わたくしと心通じる青い梅未熟同士は身に毒をもつ

君を得て萎んだ体うるおえりどこか望んだ満足破滅

高速に木の幹叩き頭頂に鮮血ためる老いた赤啄木鳥《あかげら》

つくづくと己が無能を思い知りわずか二十歳で青雲も消え

幼き日たしか姉さんいたような「うん」と答える母の沈痛

過ぎ去った今年の梅雨は紫か何色だった去年の梅雨は

三年も自室を繭に引きこもる窓のガラスをカラスが突く

花咲かず落選つづく身を呪ういくら書いても翌檜《あすなろ》止まり

海難に遭われし方の身はいずこ花畑なし北の水底

夜明けごろ漁場について糸たらす生きるのやめた鯛が食いつく

満開と言えど開かぬ蕾あり桜になれぬ春の裏側

北の地の雪の溜りと人溜り廃線跡の失恋者たち

猛りくる罠にかかった猪にとどめの南無を猟師が放つ

久方に捨てた故郷きてみれば褪色すすむ歌わぬ山河

山に死す羆《ひぐま》に不覚風抜ける命百獲り一撃受ける

友人が静かに去りし夏盛り季節選べぬ死ぬと言うこと

月が出て人の夜道と獣道ひとしく照らす清かな光

渾身の自叙伝書いて倒れ伏す本まで孤独読者はおらず

正月に鳴き続けるは虎落笛《もがり》鋭利な風が竹垣を削ぐ

化野の風の匂いは身を破る詩を吟じるな憂愁が憑く

京都きて化野歩き身を屈め地を這う霊を両手に掬う

二の腕の蚊への憎悪と愛しさと他にわが血を吸ったものは無し

美しい短歌を詠みたく叶わずに今日も澱みし発想の川

騎馬戦にすぐに取られた白帽子討ち死にをした先祖と同じ

落葉焼く境内はまだ秋のなか冬に流れる阿弥陀の煙

海思い山も恋して生きてきた溺れた川も愛しき郷土

閉園に解体される遊具たち積み上げられる動物の首

雨粒が五つ固まり我を打つ全部見ていた雨中の非行

故郷の荒磯《ありそ》の海はもう描けず自信で出して落選に病む

監房の朝の点呼を告ぐる声喉を鳴らさず野鳩が見つむ

若いまま手綱ゆるめず仕事して青年老いる折れ矢を背負い

故郷は水に沈んで幾久しダム湖の底に土葬墓眠る

跡取りに生まれ育って春を見て産を破って歌詠む日々に

三条の大橋至り擬宝珠なで望む雨降る淋しい男

ゆらゆらと精霊流れ海に出る幽界帰る灯のたよりなさ

ふらふらと裏町歩く午後の九時酒を飲めない男のブルー

ベゴニアの赤の深さは才能か非才の画家は嫉妬に歪む

死ぬ時は「涼しい秋」と母願う持って行かれた嫌いな夏に

夢のなか己が墓石が沈められ五千メートルの海底に建つ

旅に臥し命消ゆるに大笑い見事外れし長命の相

長病みに春は窓越し手足冷え目性も悪し白い夕焼け

蝉しぐれ急な雷雨にかき消える風が持ち去る転がる躯

マッチすり桜の花を焼いてみるそんなことした悩める時代

継母は我にやさしく美しく無きを喜ぶ実母の記憶

九　子猫

娘きて無聊をかこつ独り身に小猫を置いて「遊べ」と脅す

雪国を逃げだしたいと願いつつ離れ暮らせぬ弘前の街

今宵また眠れぬ夜を愉しもう記憶が冴える哀歓の過去

夕焼けが路傍の石を一番に二番に人を茜に染める

オルゴールの発条《ぜんまい》いつも巻きすぎてやはり壊れた「乙女の祈り」

今はもう糸を歯で切ることはなし尖る真珠と言われたかの日

ちちははが青春だった戦時中昭和時代の愛しさ憎さ

紫陽花は小さな花が集まって何かを隠す美装の中に

ぜんまいを採る裏山に風やまずのの字回って吐きそうな午後

覗きこむ涸れてはいない古井戸に蛙が落ちて永住の家

枝先に老いたもみじが掴まって残り美となる堪える姿

仰向けて胸に乗りたる老猫の軽くなったとテレビを見つつ

山に入り野うさぎ捕う春はじめ口笛吹いて両耳つかむ

幾重にも連なる山を越える時われらの道も初はけもの道

母捨てた老いた父など疎ましく少し様子見さっさと帰る

断捨離の流行りにつられ早まった恋文捨てて悔恨の日々

「爺ちゃんは終活してる」と孫娘彼と語らう小さな話題

粉雪が吹雪にかわる午後の一時風雪似合う合掌の村

台風で育つ林檎がみな落ちてお岩木山も楯にはならず

また我を不眠にさせる小夜鴉輾《てん》転《てん》として悪声を聞く

もの心ついて悟った汚濁の世自浄作用か詩歌が満ちる

禅僧が掃いたうえからまた落葉無漏《むろ》から有漏《うろ》へ尽きない修行

一族のルーツ探しに着手する「知らぬ幸せ」と伯父御の言葉

「ああ転ぶ」と分かっていても止められぬこれが老いかと勝てない戦《いくさ》

六月の山の緑のやるせなさ色落ちさせる長雨が降る

恐山亡き母うつり巫女《いたこ》言う寸前止める知らぬ幸せ

氷見で見る北アルプスの烈しさよ荒磯の海とマグマは同じ

老いた樹医楠の巨樹抱き耳を当て千年の悩み苦しみを聞く

蛍とびフーッっと消えてまた光る黄泉の国へと行ったり来たり

秩序なきネオンと騒音《おと》の新宿はわれを慰む支離滅裂に

父の日と母の日あったかの頃は子供来ないし来いとも言わず

しみじみと二人たそがれ夕日見る「疎まれている子や孫たちに」

八十路でも終活しない祖父と祖母流行りを追わぬ似た者夫婦

父がいま生きていたなら百歳か破らずにある「戦死公報」

太陽は高さ角度を変えながら日陰の家を上手に照らす

太刀風に黄色い野菊はよく堪えて子地蔵まもる妻籠の小径

かがり火に暖をとらない氏子たち火の粉を浴びる真冬の神事

蔓草が我が家を巻いて青々と神戸の震に倒壊もせず

行く人が牡丹の庭をみなほめる鉦を鳴らしつ巡礼のぞく

流れくる紅葉が岩と触れ合って美音奏でる香嵐の渓

丹頂が体力つけて帰る春われも飛び立つ学業の終え

かつかつと風が地面を歩いてる落葉を払う図書館の道

コロナ禍に家にこもって読書するしみじみ分る巣の大切さ

よく見れば根づいた土も色が付き面の豊かな野の芝桜

ゆっくりと無言で降りる春の雨お座敷向かう緋色の和傘

粒ごとに赤青黄の色彩が雨を愉しむわが感受性

久々に青山通りを歩く日の人目気にするおしゃれな落葉

いつ頃か「乙女」が死語になったのは祖母の詩集はまさしく乙女

紀の国に直立してる那智の滝熊野古道はしぶきに濡れる

眠れずに午前一時に歌を詠む深みが出ない今宵の軽さ

十　果報

「ほらあそこフォーマルアウトが煌めいて」漁場で受ける魚座の果報

フラダンス優雅に腰を振りながら豊満の身に幸せの汗

見届ける日本家屋の取り壊し余情が残る縁側の日々

あの頃の笑声やまぬ我が家庭空に跳ね飛ぶおはじきの音

雉鳩が来るかもしれぬ朝のこと雨戸あければ「デーデポポウ」と

法隆寺鐘も鳴らぬに柿を食う雑味入らぬ一人の旅路

校長になって最初の新学期過疎の中学適所に叶う

ちびちびとウイスキーなめ針で聴くジャズが楽しい鼓膜の震え

愛用の銀のスプーンに一すくい甘い飢餓して黄色いプリン

晩秋に籾殻を焼く田の煙からい匂いが鼻腔に残る

子供らの手足を炙るどんど焼き門松燃えるパチパチの音

幼年時母にたわむれ乳房触る余韻の記憶は春日の和み

満員の電車で見える煙突は朝霧のなか「湯」の赤い文字

終電の音聞き眠る線路沿い乗客まばらの軽い通過音

土地狭く気風の荒い漁師町海女の新人金髪十九

犬吠の灯台の灯はたくましく遠くの闇をかきまぜ回る

大小の波の打ち寄せ休みなく受けて育てる紀伊の白浜

紀の国の旅愁を癒す野仏と流し目しない叡山菫

毎日がおだやかすぎて気味悪く歓迎をする小さな波乱

曇天に枯死寸前の木の枝の痩せた葉っぱが恵方を探す

故郷に顔をかくして舞い戻る山河に詫びるわが非行歴

カンバスにビキニで描く美大生筆おき走る湘南の海

愛妻の十五の妹ははにかんでおねだりをする真っ赤なビキニ

我のこと「羨ましい」と人の言う生まれた家にお金があった

風が出て荒ぶる波が打ち寄せる堪える白浜叩かれつづく

細波の少女が遊ぶ砂浜に夏の終わりの白雨が通る

初めての銀座を歩くハイヒール歩道を飾る雛罌粟の花

監房に短歌を詠みし日々となる「我は俳句」と看守の笑顔

傘立てに使いし甕《かめ》が名品と代々受ける我が家の雨滴

吸う息と吐く息ともに加減よし一つの肺で聖歌を歌う

門前の香り過ぎたる沈丁花衒いの多い我が身と同じ

浮玉を漁師にもらいリビングにガラスの青は鳥羽湾の青

鮭もどり遡上助ける秋の風下流《した》から吹いて魚体を上流《あげ》る

雪の日に一人正座で歌を詠むただ見るばかり霊的な白

超台風心配なまま夜が明けるやはり飛ばない御嶽の山

待望のブルーの寒夜が現れて磨かれ光る全天の星

入海の漁の途中に朝日出て伊勢海老はねるプラ籠の中

英虞湾を月の光が銀に染め真珠を磨き真球となす

君くれた江戸風鈴に狸の絵季節化かされ真冬にチリン

何かしら良いことありそな朝がきたポンと打つ手の紙風船

君と行き落ち鮎たべる岐阜の宿焦げた塩つく白身のうまさ

「先行きに見通しない」と説いてなお「田作りする」と眩しい息子

一時期はぐれた男に憧れて勇気がなくて警察官に

地下足袋で濡れた足場を上る時うしろに続く鳶三代目

人体の水分量の豊かさよ一人一人に大海原が

自分より先に田畑を幸せに土地に仕えて受けし収穫

百舌が泣く季節《とき》の憂いを野が知れば草木は沈み花は鬱になる

侘助が疲れた脳を慰める卒論を書く師走の十夜

里山に遊ぶ親子の春の日に空の迷いか照り降りの雨

今日もまた半径五キロを歩く旅見飽けど向かう西の多度山

十一　東京

われ一人光の中で照らされず結局暗い東京の夜

修行終え生家の寺に遅く着く両手広げて月輪《がちりん》を抱く

大脳の襞は浅くて滑らかで深み得られぬ己の短歌

光より老いの速さが勝りけり白頭を掻く竹林の僧

永らえて訃報がつづく教え子の「うさぎ追いし」を枯れ指が弾く

今日の義務終えた夕日を見るたびに返納したい無能の命

コンビニの前にだべったなつかしさ仲間一人はピストルで自死

折鶴を折ることできぬ沖縄の右手が燃えた五歳の戦禍

竹林の風の笹音に合わせてか僧体通る美声の陀羅尼

人は皆きれいに生まれ汚れ死ぬ俺も同じだ晩節の恋

山を抜き熊野古道は那智滝へ難所は霊地御仏おわす

急にきた老いの実感うろたえて命越ゆるか古稀の山坂

定年後身を整理する父がいて祖父かくしゃくと終活を拒否

わが生の余韻残れば嬉しくも確かめられぬサヨナラの後

滑落し意識薄れる山男北アルプスの美貌に眠る

小さき帆で大海に出る決意して皆に泣かれる補陀落行きと

日没に寂滅を見る祖母がいて口からもれる「羯諦《ぎゃーてい》羯諦《ぎゃーてい》」

どんどんと歳月我を押し上げて実感となる百の春秋

惚けたとて老衰こそが一番と願い通りの百歳の祖父

子供らに美田残さぬ爺なれど語り草なる百の春秋

三月の君の精神《こころ》は穏やかに業をしずめる陀羅尼の読誦

揺り椅子の微かに動く秋半ば遺骸のごとき自叙伝を読む

故郷の無格社参る我がいて末端に濃い神の存在

薬師寺の古い東塔見上げれば素早く代わる天平の雲

日の射さぬ熊野古道の石ぼとけ僧衣となり新緑の苔

放浪し終の住処ときめたのは風も調う富吉《とみよし》の郷《さと》

言寿《ことほぎ》もうるさくなって断って話題にするなたかだかの百歳《ひゃく》

病院の長い廊下を歩く時きっと歩いた死んでる人も

つらつらに我が人生を振り返るカラカラ回る身の風車《かざぐるま》

ただ言える絶望するのも人生だ哀しみかくす富士の白雪

後書き

本歌集を読んだ賢明な読者は、著者の意図する「祈り」をくみ取っていただけたと思う。

祈りの言葉は、不幸の根の深さと、背景の重さを知ってこそ実力が発揮される。どのみち人は、積極的であれ消極的であれ、祈りを持って生きねばならぬ。

——幸いは祈りに宿る

◆ **著者紹介**

山 本 武 吉（やまもと　たけよし）
1946 年愛知県生まれ。
上野の森美術館「自然を描く展」銅版画で優秀賞２回。
名古屋銅版画集団「インタリオ」で活動。
歌集「恋愛賛歌」初上梓。

北斎ブルー

発 行 日　　2024年４月17日

著　　者　山　本　武　吉

発 行 所　一　粒　書　房

〒475–0837 愛知県半田市有楽町7–148–1
TEL (0569) 21–2130
https://www.syobou.com

編集・印刷・製本　有限会社一粒社

ISBN978-4-86743-267-9 C0092